Aidée de ses deux compagnons enquêteurs, Mimi part donc sur les chemins de l'aventure et du mystère. Pour résoudre les nombreuses énigmes qui ne manqueront pas de se poser tout au long de leur route, les trois fouineurs devront concerter leurs efforts et mettre à contribution leurs talents particuliers. Ils pourront ainsi compter sur l'assurance et la bravoure d'Antoine, sur la prudence

et l'imagination de Marco, enfin, sur la perspicacité, la débrouillardise et l'aide magique apportées par Mimi.

Cependant, ils ne pourront recourir qu'exceptionnellement à la magie ; car la science obscure et imprévisible des *crapoussines* exige trop de mémoire et de doigté pour être utilisée à tout propos.

Alors que Mimi habite avec sa grand-mère une petite chaumière perdue au fond des bois qui environnent Sainte-Estelle, Antoine et Marc, eux, vivent chez leur oncle Édouard, qui tient un magasin de variétés situé sur la rue principale du village. C'est d'ailleurs dans un petit bureau installé au-dessus de ce florissant commerce que les trois

amis ont établi les quartiers généraux du *Fouineur Club* et qu'ils se réunissent habituellement pour discuter des plans d'action de leurs nombreuses enquêtes.

Mimi Tinfouin

Le monstre
du lac Saint-Ernest

Conception graphique: Claude Poirier

Dépôts légaux: 2e trimestre 1984
Bibliothèque nationale du Québec
Bibliothèque nationale du Canada

ISBN: 2-7625-3030-X   Imprimé au Canada

LES ÉDITIONS HÉRITAGE INC.
300, Arran, Saint-Lambert, Québec J4R 1K5
(514) 672-6710

Serge Wilson

Mimi Finfouin

Le monstre
du lac Saint-Ernest

Conception graphique et illustrations:

Claude Poirier

ÉDITIONS HÉRITAGE
MONTRÉAL

Le lecteur pourra consulter
une carte détaillée des lieux
en page 126.

en page 126.

Réunion spéciale du Fouineur Club

Ce matin-là, Antoine et Marc arrivent en courant au magasin de variétés que leur oncle Édouard a établi sur la rue principale de Sainte-Estelle, un charmant petit village des Laurentides.

Sitôt qu'ils ont franchi la lourde porte d'entrée de la boutique, les deux garçons montent dans l'étroit bureau que l'oncle a aménagé au-dessus de son commerce et qui sert généralement de local pour les réunions du *Fouineur Club*.

Une mystérieuse conversation commence alors entre l'aîné des deux neveux du marchand de variétés, Antoine, et son plus jeune cousin, Marc, que les gens de Sainte-Estelle appellent le plus souvent Marco :

— Tu es bien sûr d'avoir laissé notre message à l'endroit convenu ? demande l'un.

— Ne t'en fais pas ! répond l'autre. Je suis allé sous le gros arbre que Mimi nous a montré l'autre jour et j'ai accroché l'enveloppe à la branche la plus basse. Il est certain, à l'heure présente, que le messager des *crapoussines* est passé par là et qu'il a livré notre convocation.

Quelques secondes plus tard, en effet, un bruit se fait entendre dans la cour du magasin. Les deux garçons se précipitent à la fenêtre de la pièce.

— Hou-hou ! C'est moi, Mimi Finfouin ! lance une jolie blondinette en sortant du bosquet avoisinant.

— Reste là ! Je descends t'ouvrir la porte de l'arrière-boutique ! lui crie Marco.

Quand elle arrive dans le petit cabinet de travail situé au-dessus du magasin, la jeune *crapoussine* observe avec étonnement que, malgré l'heure encore matinale, ses deux amis ont réglé avec quelques minutes d'avance tous les préparatifs habituels entourant la réunion du *Fouineur Club*.

Trois fauteuils ont été installés autour de l'encombrant bureau de chêne, et les dossiers des enquêtes précédentes ont été placés bien en vue au centre de la table. Antoine, un maillet de bois à la main, s'apprête même à frapper sur un vieux bloc de marbre utilisé ordinairement comme presse-papiers.

— Tous les membres du club étant présents, dit le garçon, je déclare officiellement ouverte cette première séance spéciale consacrée au *Phénomène étrange survenu récemment au lac Saint-Ernest* !

— *Au phénomène étrange survenu récemment au lac Saint-Ernest* ? répète Mimi en déposant son sac à dos.

— Oui, si nous t'avons demandé de venir si rapidement, explique Antoine, c'est qu'il est arrivé quelque chose de fort inhabituel ce matin en face du chalet de l'oncle Édouard. Notre nouveau voisin qui habite la grande maison jaune construite derrière la haute rangée de cèdres, un certain M. Durocher, prétend avoir vu UNE SORTE DE MONSTRE MARIN NAGEANT AU MILIEU DU LAC !... Attends, j'ai noté dans mon calepin la description exacte qu'il nous a faite de son étonnante découverte.

Mais, avant que le jeune garçon ait eu le temps de s'exécuter, l'espiègle blondinette l'interpelle d'un air détaché.

— Oh ! pas la peine de lire tes notes, mon pauvre Antoine, je suis déjà au courant !

Le monstre
du lac Saint-Ernest

Antoine et Marc sont absolument estomaqués par la révélation soudaine et, pour eux, tout à fait inattendue de leur jeune amie.

« Comment Mimi, qui demeure en plein milieu du bois situé à l'arrière du village, a-t-elle bien pu entendre parler de cette apparition de monstre observée il y a deux heures à peine au lac ? » se demandent-ils avec stupéfaction.

Mais, après un instant de réflexion, les deux garçons ont vite fait de trouver une réponse à cette intrigante question :

— J'imagine trop bien ce qui est arrivé ! commence par dire Antoine. L'aventure matinale de M. Durocher est venue aux oreilles de l'un des habitués du restaurant *Chez Jeanette*...

— Oui ! Et de là, enchaîne aussitôt Marc, l'histoire s'est répandue dans la région plus vite que, que... qu'une information télévisée transmise par satellite !

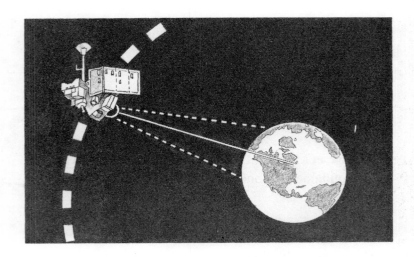

— Là, on peut dire que vous êtes complètement dans les patates ! s'empresse de rectifier Mimi. Car figurez-vous que j'étais, moi aussi, sur la rive du lac aux premières lueurs du jour et que j'ai probablement été témoin des mêmes incidents que votre nouveau voisin ! J'achevais de cueillir des herbes médicinales pour un sirop, dont ma grand-mère projette la fabrication, lorsque j'ai aperçu une forme bizarre qui se mouvait au large de la *Pointe aux Alouettes*. L'animal ou l'objet flottant m'a paru gigantesque. Il était de couleur verdâtre, avait une apparence visqueuse et glissait nonchalamment à la surface de l'eau.

Quand j'ai voulu m'avancer sur un quai de planches grises pour mieux distinguer la tête ou l'extrémité de cette étrange silhouette, LA BÊTE — quoique je serais tout aussi tentée de dire LA CHOSE — a sombré brusquement dans les profondeurs du lac en ne laissant derrière elle qu'un tourbillon d'écume !

— Fantastique ! s'écrie Antoine. Ton récit concorde presque mot pour mot avec celui que M. Durocher nous a fait, ce matin, au déjeuner.

— Tu aurais dû voir la mine qu'il avait ! ajoute Marco. Le pauvre homme était si énervé qu'il avait de la difficulté à avaler son café.

— Oh ! mais attention… Il y a cependant une petite différence entre vos deux histoires, fait remarquer soudain l'aîné des deux cousins. Toi, Mimi, tu hésites entre la description d'une chose ou d'un animal ; tandis que M. Durocher, lui, est certain d'avoir observé une créature vivante. Il aurait même entrevu des nageoires, ou un genre d'ailerons, disposés de chaque côté du corps de la bête.

— Et tu as eu peur en apercevant ce… ce… cette « chose monstrueuse » ? interroge Marc.

— Les événements se sont déroulés trop rapidement pour que j'aie eu le temps d'avoir vraiment peur, répond Mimi. Mais je dois avouer que sur le moment j'ai été très agacée !

— Agacée ?

— Oui, parfaitement !... j'ENRAGEAIS de me trouver seule, de si bon matin, à au moins un kilomètre de la maison la plus proche ! Je me disais : « Dommage, ma petite Finfouin, que tu ne sois qu'une *crapoussine* des bois, et non pas une de ces fées expertes qui connaîtrait la formule magique permettant de prendre des photos sans caméra ou encore de réveiller les gens à distance ; parce que c'est bien *de valeur* pour toi, ma fille, mais personne à Sainte-Estelle — pas même Antoine ou Marc — ne voudra te croire si tu oses leur raconter ce qui t'arrive en ce moment ! »

— Eh bien, tu vois maintenant que tu te trompais, rétorque Antoine. Car pendant que tu retournais chez toi, avec ton panier rempli d'herbages, notre voisin venait frapper avec insistance à la porte de notre chalet et nous débitait, en bafouillant, les péripéties de son extraordinaire rencontre avec la bête du lac !

— Je me suis douté de quelque chose de semblable au moment où j'ai reçu votre convocation pour le *Fouineur Club*, avoue Mimi ; mais je m'étais néanmoins préparée à vous convaincre de mon incroyable « vision » matinale. En fouillant dans les affaires de ma grand-mère, je suis tombée sur quelque chose de très instructif...

La jeune *crapoussine* ouvre alors la pochette principale de son sac à dos et pose sur le bureau de l'oncle Édouard une espèce de vieille brochure poussiéreuse.

Les deux garçons se penchent avec intérêt au-dessus du carnet jauni, sur lequel on peut lire les indications suivantes :

ENCYCLOPÉDIE PRATIQUE DU CAMPAGNARD CURIEUX

Petit guide pour la découverte, l'approche et l'observation des phénomènes étranges ou curiosités naturelles que l'on appelle monstres

Le très renommé "Oeil-de-lynx" Pinsonneault, celui que l'on considère comme le dernier des "vrais" coureurs des bois, nous livre ici plusieurs de ses secrets

— OH ! MAIS QUEL AFFREUX PERSONNAGE !
s'exclame bruyamment Antoine en apercevant la photo du
célèbre trappeur reproduite au bas de la page couverture.
Si cet « Oeil-de-lynx » s'est trouvé un jour en face d'un
monstre, je me demande lequel a eu le plus peur de l'autre !

— Tu peux toujours plaisanter ! réplique Mimi. Il n'en
reste pas moins que ce monsieur est très documenté sur
le sujet qui nous préoccupe. Dans son petit guide pratique
il nous révèle, par exemple, que la plupart des apparitions
de monstres aquatiques, observées à travers le monde, se
sont produites dans des masses d'eau sombres, sillonnées
par de forts courants aspirants et reconnues pour abriter
des cavernes sous-marines ; ce qui, si je ne me trompe,
est exactement le cas du lac Saint-Ernest !

— Là, ça devient un peu plus intéressant ! admet l'aîné
des deux cousins. Un jour, l'oncle Édouard nous a raconté
que des plongeurs professionnels avaient tenté d'explorer
les eaux du lac en vue de découvrir l'emplacement de ces
fameuses grottes sous-marines que l'on dit être situées sous
les rochers de l'île aux Pics ; eh bien, à ce qu'il paraît,
même si les deux hommes ne sont jamais descendus assez
bas pour repérer l'entrée de ces gouffres, ils seraient reve-
nus terrorisés par la grosseur des poissons entrevus à cet
endroit !

— Je veux bien que nous nous occupions de cette affaire
de monstre, précise Marco. Seulement, ne comptez pas

trop sur moi pour jouer les hommes-grenouilles et aller patauger dans les fonds mouvants !

— Mais il n'a jamais été question de cela ! déclare Mimi en s'emparant de la brochure du *Campagnard curieux*.

La jeune *crapoussine* feuillette rapidement le petit cahier imprimé et s'arrête sur une page au coin tourné.

— Voyez plutôt ce que nous propose ce M. Pinsonneault... dit-elle en présentant le passage que voici :

Pour vérifier ou découvrir l'existence d'un monstre aquatique, il est conseillé d'agir par un soir de pleine lune. On doit se munir alors d'un grand miroir ainsi que d'un bidon de crème fraîche.

Le procédé consiste premièrement à immerger et à rattacher soigneusement le bidon de crème à la charpente d'un quai, puis à agiter ensuite la surface du miroir sous le disque brillant de la lune. Les reflets lumineux de l'astre dansant sur la glace du miroir, associés à l'odeur appétissante de la crème fraîche, auront vite fait d'attirer la bête vers soi.

Mais prudence... car si le monstre que vous cherchez à surprendre n'est pas sorti de l'imagination des riverains, il pourrait être dangereux de vouloir l'approcher.

— Tout s'arrange ! constate Antoine qui examine le calen-
drier suspendu au mur de la pièce. C'est justement ce soir
que débute la période mensuelle de pleine lune.

dim	lun	mar	mer	jeu	ven	sam
		1	2	3	4	5
6	7	8	9●	10	11	12

— Il y a un ancien miroir de commode qui traîne dans
la cave du magasin, se rappelle à son tour Marc, je suis
sûr qu'il conviendra pour notre petite expédition.

— Quant à moi, je crois pouvoir vous dénicher le bidon
de crème fraîche, ajoute Mimi. Mais si votre bon monsieur de la maison jaune est allé raconter son histoire au
village — et surtout au restaurant *Chez Jeanette* — j'ai bien
peur que nous ne soyons pas les seuls, ce soir, à guetter
l'apparition de la bête mystérieuse !

— Il y a des chances pour que notre nouveau voisin reste
muet à propos des événements de ce matin, assure Antoine.
En tout cas, notre oncle a tout fait pour l'en persuader. Il
a même promis au brave homme qu'il parlerait de toute
cette affaire à un ami zoologiste qui doit monter au lac en
fin de semaine.

Et là-dessus, Marco s'empresse de rappeler, avec force mimiques, les sages arguments avancés un peu plus tôt par le marchand de variétés :

— « Vaut mieux ne pas inquiéter la population du lac avant d'être vraiment convaincu du phénomène observé ! » a-t-il dit à M. Durocher. « Après tout, la *vision* de ce monstre voguant au milieu de la brume matinale pourrait bien avoir été provoquée par les premiers rayons du soleil se reflétant sur la silhouette légèrement tordue d'une souche ou d'un tronc d'arbre... Et puis, imaginez un peu les mauvaises plaisanteries que nous nous attirerions dans tout Sainte-Estelle si la bête monstrueuse, annoncée par nos soins, se révélait n'être qu'un vulgaire amas de branchages ! »

— Ouais... D'ici à samedi, cela nous laisse au moins trois jours pour agir en toute tranquillité, estime Mimi. Je propose donc que nous discutions immédiatement de la marche à suivre ainsi que des préparatifs nécessaires à l'accomplissement de cette mission !

Les deux garçons ayant accueilli avec enthousiasme la suggestion de leur bonne amie, Antoine s'empare à nouveau du maillet réservé au président d'assemblée.

— Proposition acceptée à l'unanimité ! dit-il en cognant sur son bloc de marbre. Le *Fouineur Club* de Sainte-Estelle s'engage solennellement à faire toute la lumière sur ce phénomène étrange... cette mystérieuse apparition qui deviendra peut-être l'énigme la plus fabuleuse de notre époque et à laquelle — à tout seigneur, tout honneur — il nous faut désormais donner le nom de *Monstre du lac Saint-Ernest* !

L'expédition

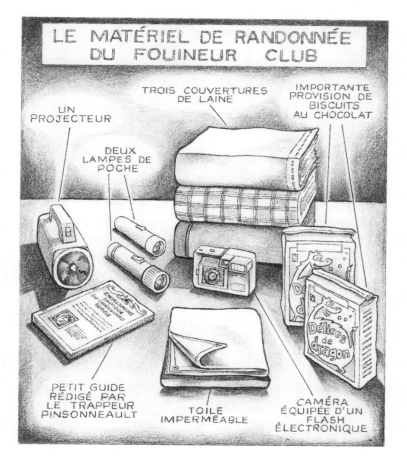

LE MATÉRIEL DE RANDONNÉE
DU FOUINEUR CLUB

TROIS COUVERTURES
DE LAINE

IMPORTANTE
PROVISION DE
BISCUITS
AU CHOCOLAT

UN
PROJECTEUR

DEUX
LAMPES DE
POCHE

PETIT GUIDE
RÉDIGÉ PAR
LE TRAPPEUR
PINSONNEAULT

TOILE
IMPERMÉABLE

CAMÉRA
ÉQUIPÉE D'UN
FLASH
ÉLECTRONIQUE

La noirceur est déjà tombée sur le lac quand les trois intrépides compagnons du *Fouineur Club* de Sainte-Estelle déposent leur matériel sur le vieux quai de pêche où Mimi a entrevu, le matin même, la silhouette fugitive du monstre aquatique.

Aussitôt arrivés sur les lieux, les trois amis s'empressent d'installer le bidon de crème fraîche et le grand miroir mobile à l'extrémité de la longue passerelle. Ces deux accessoires spéciaux, apparemment nécessaires à l'approche de la bête mystérieuse, avaient été transportés à l'avance près du quai et cachés derrière un épais massif de fougères.

Aussi, maintenant que tous les préparatifs recommandés par le trappeur Pinsonneault ont été exécutés à la lettre, c'est l'occasion pour le petit groupe de prendre enfin un court moment de repos.

Au bout de quelques instants paisibles, passés à con-
templer un léger brouillard qui monte des vagues de la rive,
Marco rompt soudain le silence :

— Hum... Je me demande si nous avons bien fait de
venir ici dès aujourd'hui, soupire-t-il en s'étirant paresseu-
sement. Je me rappelle qu'à la bibliothèque municipale on
présentait, ce soir, un film sur Dracula.

— Vraiment, il y a des jours où je ne te comprends pas !
réplique avec agacement Antoine. Pour une fois, dans ta
vie, tu as la chance de voir, à quelques mètres devant toi,
un monstre « en chair et en os » surgir tout à coup de la
brume et tu regrettes bêtement de ne pouvoir aller au
cinéma regarder des... des imitations de croque-mitaines
jouant à cache-cache dans des châteaux de carton-pâte !

— Justement, reprend le plus jeune des deux cousins, avec tout ce brouillard qui monte du lac, je ne suis plus du tout rassuré...

— C'est vrai que le lac se couvre depuis quelques minutes, constate Mimi. Apparemment, cela devrait nous apporter du beau temps. Ma grand-mère a coutume de dire : « Brume du soir sur l'eau annonce un lendemain qui sera beau, mais une nuit aussi épaisse qu'un manteau ! »

— Eh bien, dans ce cas, agissons tout de suite ! propose Antoine. Commençons avant que la visibilité ne soit devenue trop mauvaise. J'ai franchement hâte de voir si les trucs proposés par cet Oeil-de-lynx Pinsonneault ne sont pas que de vulgaires sornettes !

— Attendons au moins que le lac soit désert, suggère Mimi. Je viens encore d'entendre le bruit d'un canot à moteur se dirigeant du côté de l'île aux Pics.

— Oui, pourquoi se presser ? renchérit Marco. Nous avons sûrement le temps de reprendre des forces en dégustant un de ces fameux *Délices de dragon* !

Mais avant que la main agile du garçon n'ait frayé son chemin en direction de l'appétissante provision de biscuits au chocolat, Antoine s'est précipité au milieu du quai en pointant l'horizon du doigt.

— Vous avez vu là-bas, sur le lac ?... On aurait dit quelque chose qui dérivait. Mais oui, regardez de ce côté ! On distingue comme une tête verte qui émerge de l'eau !

— Une tête *verte* !... répète Marco en grimaçant.

D'un geste rapide, Mimi saisit le projecteur rangé parmi le matériel et balaie d'un épais faisceau lumineux l'étendue des eaux environnantes.

L'éclat puissant du rayon troue brutalement la noirceur ambiante. Et, au milieu d'un léger frémissement des vagues, à une vingtaine de brasses à l'est du quai, on croit effectivement apercevoir une forme étrange.

Puis, plus rien. La lumière du projecteur a beau découper distinctement les contours emmêlés du ciel et des flots, la brève apparition d'un moment semble n'avoir surgi que dans l'imagination fiévreuse des trois observateurs.

Pourtant, un cri sourd et d'une effrayante réalité s'élève bientôt au-dessus du clapotis des eaux.

Curieusement, les derniers sons de la plainte semblent s'être rapprochés de la berge.

Mimi dirige le faisceau de sa lumière autour du quai.

Deux cornes vertes bondissent alors en ruisselant hors d'un pic d'écume et se braquent à la hauteur de la passerelle, à quelques centimètres seulement de l'un des trois fouineurs.

— LE MONSTRE... LE... LE... MONSTRE ! hurle désespérément Marco.

La rencontre imprévue

Finalement, ce ne sont pas deux, mais bien TROIS cornes vertes qui se dressent, menaçantes, sur le côté du quai !

Marco, qui a figé sur place et qui est devenu aussi vert que les trois cornes, a l'impression d'avoir eu le temps de les compter trente fois.

L'instant de surprise passé, Mimi et Antoine s'avancent prudemment... Ils se rendent bientôt compte que le monstre... enfin, que cette créature verte et jaune, qui tente péniblement de se hisser jusqu'à la plate-forme du quai, n'est pas une bête à cornes... ni même un martien... mais plutôt un grand et solide jeune homme vêtu en joker de jeu de cartes !

Marc laisse échapper un soupir de soulagement, puis les trois jeunes gens se portent à la rescousse du nouveau venu.

Parvenu enfin sur le quai, le nageur reprend son souffle.

— Ouf! il était temps… murmure-t-il d'une voix brisée. Je croyais ne jamais atteindre le rivage.

Mimi sort les couvertures rangées dans le matériel d'expédition, pendant qu'Antoine court téléphoner à son oncle pour lui demander de venir chercher le petit groupe.

— Couvrez-vous au moins en attendant, ordonne au rescapé la jeune *crapoussine*. Trempé comme vous êtes, vous risquez d'attraper un bon rhume !

— Pauvre monsieur... si vous aviez appelé avant, nous serions venus bien plus vite à votre secours, fait observer Marco.

— J'ai tellement avalé d'eau en plongeant dans le lac, raconte le jeune homme, que je n'ai pas voulu prendre la chance d'ouvrir la bouche avant de m'être suffisamment rapproché de la berge... D'ailleurs, un peu plus et vous me preniez pour un requin mangeur d'hommes, ou quelque autre épouvantail des mers !

— Ce sont ces drôles de cornes fixées à votre bonnet qui nous ont fait peur, explique Marc. Nous ne savions pas trop quel genre de créature était pour sortir de l'eau.

— Eh bien, j'espère qu'en me voyant de près vous êtes un peu plus rassurés ! commente le grand gaillard costumé... Mais au fait, je ne me suis pas encore présenté. Mon nom est Charles Gauthier et je suis venu passer quelques jours dans la région afin de régler une affaire urgente.

Antoine revient à temps pour assister à la petite séance des présentations, puis le surprenant visiteur reprend la parole :

— Comme vous l'avez sans doute constaté, mes amis, le costume que je porte est celui des anciens « fous du roi » qui ont donné naissance au personnage du *joker* faisant partie de notre actuel jeu de cartes. Ce déguisement farfelu

comprenait également un amusant bâton de commande-
ment, appelé marotte, au bout duquel apparaissait une tête
de « bouffon à trois cornes » assez semblable à la mienne.
Pour plus de précaution, j'avais glissé cet accessoire sous
le banc de mon vieux canot à moteur ; il est certainement
au fond du lac à l'heure qu'il est !

— Quoi ! vous voulez dire que votre embarcation a
coulé ! s'étonne Mimi. Je croyais que vous aviez malen-
contreusement chaviré, comme cela arrive parfois.

— Hélas ! il s'agit bel et bien d'un naufrage... soupire Charles. Tout a commencé lorsque, en me dirigeant vers l'île aux Pics, je suis subitement tombé en panne : plus d'essence dans le réservoir ! Au moment où j'allais me réapprovisionner avec le bidon de secours, un billot — ou une espèce de souche à la dérive — m'a heurté, et mon pauvre canot a commencé à prendre l'eau. Par chance, les reflets de ce miroir installé à l'extrémité de la passerelle, puis les rayons lumineux émis par votre projecteur m'ont indiqué l'emplacement de la rive, et j'ai pu atteindre ce quai à la nage.

— Il n'était pas très prudent de naviguer seul dans les parages, note Mimi, et surtout en pleine obscurité !

— À présent, je le réalise... avoue piteusement le garçon. Mais comme il était essentiel pour moi d'agir discrètement, je n'ai pas trouvé d'autres moyens que d'attendre l'arrivée de la noirceur pour tenter de me faufiler jusqu'à la petite marina de l'île aux Pics.

— Là, excusez-moi, monsieur... mais je ne comprends plus rien ! lance tout à coup le petit Marc. Si votre intention était de passer inaperçu, ne pensez-vous pas que vous auriez pu choisir une tenue « moins voyante » que cet accoutrement de joker à trois cornes ?

— Pas si je désirais m'introduire subrepticement parmi les invités d'une mascarade ! précise vivement le naufragé.

Ayant appris que le *Club nautique de l'île aux Pics* organisait une grande fête costumée à la marina, j'ai voulu profiter de l'occasion pour me mêler aux invités de cette soirée.

Le jeune homme fouille ses vêtements et exhibe bientôt un petit sac de matière plastique fermé par un bouton-pression.

— Une fois mes observations achevées sur les principaux habitants des lieux, poursuit-il, je n'avais plus qu'à faire disparaître mes cornes, revêtir le grand imperméable noir contenu dans cette pochette de vinyle et fureter à ma guise autour des différentes propriétés de l'île...

Cependant, avant de vous révéler les raisons finales de ma visite dans les Laurentides, j'aimerais bien qu'à votre tour, vous me donniez l'explication de certains petits détails qui piquent fort ma curiosité...

— Nous le ferons avec plaisir ! Mais vous devrez attendre quelques instants, s'excuse Antoine. Je viens d'apercevoir la voiture de notre oncle qui descend la côte du village ; nous n'avons donc plus que quelques secondes pour ramasser notre matériel.

Et, tandis que Mimi et ses deux compagnons s'affairent nerveusement sur le quai, la silhouette « tricornue » du bouffon se découpe encore un moment au-dessus des brumes ondulantes de la rive.

Au chalet
de l'oncle Édouard

Un peu plus tard, les trois fouineurs se retrouvent au chalet de l'oncle Édouard en compagnie de leur nouvel ami Charles. Après avoir prêté un pyjama et une robe de chambre au jeune homme, l'oncle décide de retourner à son magasin pour achever des travaux de comptabilité.

Mimi installe le rescapé au salon, tandis qu'Antoine entre dans la pièce avec trois chopes de chocolat chaud et une tasse de café fumant. Il est bientôt suivi par Marco qui porte, cérémonieusement, un petit plateau de service où sont empilés les succulents biscuits prévus pour l'expédition.

Alors que la conversation reprend autour des réconfortants breuvages, Charles est invité à reparler plus abondamment de ces « petits détails piquant sa curiosité », et auxquels il avait fait un moment allusion avant l'arrivée de l'oncle Édouard.

— Tantôt, lorsque nous avons fait connaissance, s'empresse d'évoquer le jeune homme, je me suis demandé — et je me demande encore — à quoi pouvait bien servir tout votre matériel, et plus spécialement ce grand miroir que vous aviez installé à l'extrémité du quai !

Les trois fouineurs s'échangent des regards embarrassés, puis finalement Mimi se décide à répondre :

— Nous avons raconté à l'oncle Édouard que nous voulions photographier un couple de *Chouettes Rayées* qui niche en bordure du lac. Ce n'était pas tout à fait un mensonge… mais, en réalité, nous comptions davantage vérifier l'existence d'un animal aquatique fort étrange qu'un riverain et moi-même avons entrevu ce matin. À ce que nous avons cru voir, il s'agirait d'une bête gigantesque ressemblant à un animal préhistorique ou à un dragon… En tout cas, une créature assez étrange et assez imposante pour qu'on l'appelle un monstre !

— UN MONSTRE ! ON AURAIT DONC APERÇU UN MONSTRE AQUATIQUE DANS LES PARAGES ! Eh bien, ça ne pouvait pas mieux tomber ! applaudit le naufragé. Car c'est justement la trace d'une de ces bêtes fabuleuses qui m'a attiré jusqu'ici. Je recherche depuis trois jours une personne disparue, et toutes les pistes que j'ai suivies me conduisent immanquablement sur le chemin de l'île aux Pics.

— Je ne voudrais pas faire une mauvaise plaisanterie avec un malheur, prévient Mimi ; mais à moins d'avoir elle-même été changée en monstre par une méchante sorcière, je ne vois pas ce que la disparition de cette personne connue de vous a à voir avec la découverte de notre dragon.

Charles fait un grand geste de la main, comme pour demander à son auditoire de patienter.

— Vous allez probablement mieux comprendre mon histoire si je vous apprends que je suis étudiant en sciences naturelles et que je travaille assez régulièrement dans le laboratoire personnel de la professeure Marie-Ginette Gingras, QUI A ÉTRANGEMENT DISPARU IL Y A DE CELA QUINZE JOURS ! La professeure Gingras est une grande savante de la faune et de la flore. Chercheuse obstinée et enthousiaste, voilà bientôt dix ans qu'elle s'est consacrée à l'étude des phénomènes bizarres du milieu aquatique, et plus particulièrement AUX PROBABILITÉS D'EXISTENCE DE MONSTRES ENCORE INCONNUS POUVANT SÉJOURNER DANS LES PROFONDEURS DES LACS, DES RIVIÈRES ET AUTRES ÉTENDUES D'EAU DOUCE DE L'AMÉRIQUE DU NORD !

Le jeune naufragé interrompt un instant le cours de ses étonnantes révélations afin d'avaler une bonne gorgée de café chaud.

— Pour compléter le portrait que je viens de vous tracer, se dépêche-t-il de reprendre, il est important d'ajouter que Mme Gingras est une ancienne championne de danse sur patins à roulettes qui, malheureusement, n'a jamais vraiment été prise au sérieux par les autorités du monde scientifique. Cela est dommage, car personnellement j'ai toujours cru que les travaux de cette savante, à la personnalité si originale, étaient beaucoup plus importants qu'on ne voulait bien l'admettre et qu'elle parviendrait un jour à faire reconnaître l'ampleur véritable de son oeuvre.

Charles s'arrête de nouveau pour savourer son breuvage et il poursuit :

— Aussi, lorsque j'ai découvert dernièrement un document mystérieux qui rendait très inquiétantes les circonstances de son récent départ, j'ai commencé à craindre pour la sécurité de la professeure. J'ai eu le fâcheux pressentiment que sa science — mais surtout son incroyable insouciance — l'avait entraînée dans une dangereuse aventure appelée l'*Opération GME*!

— L'*Opération GME*?

— Oui, je ne connais encore que très peu de choses au sujet de cette entreprise ultra-secrète, mais je me demande si un bandit ou un fou n'a pas l'intention de capturer un monstre redoutable et de l'utiliser ensuite pour terroriser les populations... Sous de faux prétextes, sans doute, ce sombre personnage aurait réussi à attirer Mme Gingras dans un piège et il l'obligerait maintenant à collaborer à son abominable projet!

— Mais c'est terrible! s'écrie Mimi. Vous devriez aller tout de suite raconter cette histoire à la police!

— C'est que je n'ai pas la moindre preuve de ce que j'avance, rétorque Charles. Officiellement, la professeure est partie en vacances pour une destination connue d'elle seule. Toutes les explications que je vous ai présentées au sujet de son apparente disparition ne reposent que sur de minces indices... Et puis, vous comprendrez que je me dois d'être très prudent avant de faire le moindre tapage autour de la vie privée de ma patronne. Cette dernière a déjà assez de mal à démontrer le sérieux de ses recherches. Je serais donc le dernier des ingrats et des gaffeurs si je me trouvais à lui causer une mauvaise publicité pour des « histoires à faire peur » qui n'auraient existé que dans mon imagination. À tout considérer, je me dis que Mme Gingras est quand même assez grande pour faire un voyage d'agrément sans mettre l'ensemble de son entourage au courant de l'endroit où elle compte se rendre !

— Vous parliez tantôt d'un certain document mystérieux, rappelle Mimi en versant un fond de cafetière dans la tasse du visiteur. Vous est-il possible de nous fournir un peu plus de précisions ?

En guise d'acquiescement, Charles saisit la trousse de son imperméable, posée sur une table du salon, et en retire une feuille de papier.

— J'ai ici la photocopie d'un message trouvé parmi un lot d'instruments que Mme Gingras m'avait demandé de ranger la veille de son départ. Sans penser à l'indiscrétion que je pouvais commettre, j'ai parcouru machinalement le document… Vraisemblablement, il s'agit de la seconde page d'une lettre que la professeure aurait reçue la semaine dernière.

Sur un signe du jeune homme, les trois fouineurs sont invités à prendre connaissance du texte fortuitement découvert.

Il est bien entendu, chère professeure, que le silence le plus complet devra être observé au sujet de votre itinéraire ainsi que du lieu de réalisation final de l'Opération GME.

Songez que cette «bête fantastique» sera bientôt sous notre contrôle absolu et que nous pourrons enfin tirer parti de ses extraordinaires capacités.

Songez également à la frayeur prochaine des populaces. Imaginez un instant le hurlement contagieux des foules sidérées voyant cette «créature prodigieuse» émerger des profondeurs de l'eau. Peut-on rêver d'un spectacle plus réconfortant? D'une musique plus douce que les cris horrifiés des enfants?... Peut-on espérer un plus vibrant hommage pour ce long travail de taupe accompli dans l'ombre et la dissimulation.

Aussi, et pour toutes les raisons que je vous ai déjà énumérées dans la page 1 de cette lettre, j'exige que vous vous présentiez après-demain au rendez-vous que nous avons préalablement convenu et que votre présence ne souffre d'aucun retard!

Le docteur D.

— L'*Opération GME*! Brrr... frissonne Marco. Pourquoi pas l'invasion du *GROS MONSTRE ÉPEURANT*, tant qu'à y être!

Et comme s'il voulait se donner un peu plus d'énergie pour affronter des périls futurs, le plus jeune des deux cousins croque avec appétit dans son sixième *Délice de dragon*.

— On a raison de dire que la réalité dépasse parfois la fiction ! commente à son tour Mimi. Si je n'avais pas ce texte devant les yeux, j'aurais du mal à croire à une pareille histoire !

— Une histoire qui commence à devenir inquiétante... ajoute songeusement Antoine. Ce docteur D. m'a vraiment l'air d'un drôle de pistolet !

Mimi replie soigneusement la photocopie du document adressé à la professeure Gingras et la remet à Charles.

— Mais comment avez-vous découvert que le site de l'*Opération GME* pouvait se trouver dans notre région ? lui demande-t-elle, intriguée. Il n'est fait mention d'aucun lieu précis dans le passage de cette lettre.

— Lors de ma dernière visite au laboratoire de Mme Gingras, relate le jeune homme, un petit dépliant, resté sur une table de travail, a attiré mon attention. C'était un horaire indiquant les trajets d'autobus desservant les Laurentides. Muni de cet indice, je suis allé consulter une grande carte géographique affichée dans le bureau de la professeure. Découverte intéressante : un « X » légèrement tracé au crayon de plomb figurait sur l'emplacement du

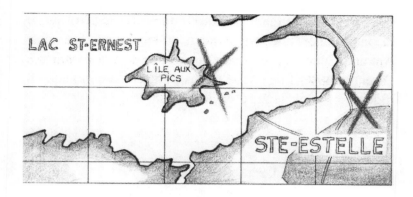

village de Sainte-Estelle ainsi que sur celui de l'île aux Pics... Le fait que l'on ait aperçu une bête mystérieuse dans les parages et qu'un trio d'aventuriers en herbe comme le vôtre soit également à sa recherche tendent à confirmer que c'est probablement là une piste sérieuse.

— Oui... et en mettant au point un plan d'action détaillé, raisonne tout haut Mimi, il ne devrait pas être trop difficile, maintenant, de repérer les quartiers généraux de ce docteur D. Après tout, l'île doit comporter au plus une douzaine de propriétés.

— Ah non ! Pas question ! Je m'oppose formellement à ce que des jeunes gens comme vous se lancent dans une entreprise aussi dangereuse ! proteste avec énergie le fidèle assistant de la professeure Gingras. Vous avez été déjà assez gentils en écoutant patiemment le long récit de mes confidences.

— Il ne suffirait pourtant que d'une petite expédition de reconnaissance, une sorte d'excursion touristique, fait valoir Antoine. Songez-y, monsieur, un groupe de pique-niqueurs s'aventurant sur l'île risque moins d'attirer l'attention qu'un rôdeur solitaire déguisé en joker !

— Hum… ouais… Eh bien soit, je veux bien accepter votre aide ! finit par concéder Charles. Mais à deux conditions. Primo, que vous me traitiez désormais comme un membre de votre bande, ce qui veut dire que vous allez dorénavant me tutoyer. Secundo, que vous me promettiez d'être très prudents, car si le docteur D. est l'homme que nous redoutons, il s'agit d'un véritable génie de la malfaisance !

— Oh oui ! approuve le petit Marc. Toute cette histoire me fait penser à un livre que j'ai dévoré durant les dernières vacances de Noël. Un vieux savant fou avait réussi à faire l'élevage d'une espèce de mouffette géante appelée *Supersconce* et il menaçait d'envahir la planète avec ses bestioles... Eh bien, croyez-moi, les amis, je n'avais jamais encore lu un récit d'où pouvait se dégager une telle odeur d'épouvante !

Un loup-garou
sur une corde à linge

« Décidément, il s'en passe de drôles d'histoires au lac Saint-Ernest ! » se dit, au bout d'un moment, le brave M. Durocher.

Le pauvre voisin d'Antoine et de Marc n'a presque pas dormi de la nuit. Il ne fait pas complètement jour et, depuis deux bonnes heures déjà, il est assis dans la véranda de sa grande maison jaune en train de guetter avec des jumelles l'apparition de cette créature mystérieuse entrevue la journée précédente.

Ce matin-là, pas de monstre en vue sur le lac endormi, mais des choses pour le moins surprenantes qui ont pour théâtre le terrain de la maison d'à côté !

C'est tout d'abord un habit de bouffon — peut-être même de loup-garou ! — qui se balance au-dessus du massif de cèdres séparant les deux propriétés. Puis, un inconnu s'approche de la corde à linge, décroche l'étrange déguisement, l'enfouit dans un sac de papier brun et sort furtivement de la cour. Le rôdeur, qui s'éloigne ensuite en direction de la route, montre une bien curieuse silhouette. Tel un vagabond, il paraît flotter dans des vêtements qui ne sont pas ajustés à ses mesures, des vêtements qui ressemblent étonnamment à ceux portés par le voisin Édouard, quelques jours auparavant !

Évidemment, l'infortuné M. Durocher serait un peu plus rassuré s'il apprenait que son inquiétant visiteur est, en réalité, le jeune assistant de la professeure Gingras ; que celui-ci a passé la nuit chez ses nouveaux amis, Antoine et Marc, et qu'il se rend maintenant à l'*Auberge de la Pointe aux Alouettes*, afin de reprendre ses affaires et d'expliquer son désastreux naufrage de la veille.

Heureusement, le propriétaire du petit hôtel, à qui le jeune homme avait loué cette vieille embarcation maintenant coulée au fond du lac, était un monsieur jovial, compréhensif... et qui avait, au surplus, de très bonnes assurances !

Aussi, après avoir fait un brin de toilette, enfilé ses propres vêtements et réglé la note de sa chambre, Charles peut tranquillement revenir au chalet de l'oncle Édouard. Près de la maison, sur un quai de pierre aménagé par les riverains des alentours, les trois fouineurs l'attendent déjà pour finir d'embarquer le matériel de leur prochaine expédition et mettre le cap sur l'île aux Pics.

Une première randonnée effectuée à bord de l'*Ernestine*, le canot à moteur de l'oncle Édouard, ne révèle rien de particulier. La plupart des maisons de l'île sont dissimulées derrière des arbres ; les garages de bateaux qui longent par endroits la berge sont le plus souvent fermés et cadenassés.

Et puis, comme le dit si bien Marco :

— Pas question d'accoster sur chacune des propriétés de l'île et de demander gentiment : « Est-ce bien ici le laboratoire secret du docteur D. où la professeure Gingras est retenue prisonnière ? »

On décide donc d'attendre jusqu'au soir pour guetter, sur place, les manifestations de cet animal fantastique, vraisemblablement tapi dans les cavernes sous-marines de l'île.

— Il faut compter sur le fait que nous ne serons probablement pas les seuls à surveiller l'apparition de la créature mystérieuse, rappelle Mimi. Si la bête se *monstre*... euh, je veux dire se montre, il y a fort à parier que l'inquiétant docteur D. pointe également le bout de son nez !

Aussi, pour faire face aux situations périlleuses qui pourraient éventuellement survenir et pour éviter de tomber tous ensemble dans un traquenard, les quatre explorateurs décident de se partager dorénavant en deux équipes. Un premier duo, composé de Mimi et de Charles, restera à bord de l'*Ernestine* pour inspecter les eaux environnantes. De leur côté, Antoine et Marc sillonneront les sentiers de la rive, afin de surprendre tout déplacement suspect provenant de l'intérieur de l'île.

Des signaux optiques, émis au moyen de lampes de poche, sont convenus pour la communication à distance.

Deux longs jets de lumière diffusés à intervalles réguliers voudront dire : « TOUT VA BIEN, NOUS N'AVONS RIEN À SIGNALER » ; trois petits cercles lumineux tracés par un mouvement rotatif du poignet signifieront : « DIRIGEZ-VOUS DANS NOTRE DIRECTION, NOUS CROYONS ÊTRE SUR UNE BONNE PISTE » ; enfin, cinq clignotements répétés de plus en plus rapidement devront se traduire par : « AU SECOURS ! AU SECOURS ! » ou « VENEZ VITE À NOTRE RENCONTRE ET PRENEZ GARDE, IL Y A DU DANGER ! »

Après une petite collation prise à la marina de l'île, le coucher du soleil annonce finalement le départ de l'expédition nocturne.

Les quatre amis regagnent leur embarcation et naviguent quelques minutes le long d'un groupe de rochers escarpés qui sont à l'origine du nom de l'île. Ils atteignent ensuite un petit quai désert situé au fond d'une crique feuillue, où Antoine et Marc peuvent secrètement mettre pied à terre.

Les deux garçons saluent leurs compagnons demeurés à bord puis s'engouffrent courageusement dans l'épais et sombre rideau boisé qui borde la rive.

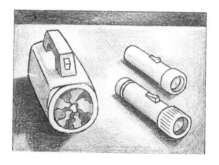

À la recherche du monstre

Quand la grosse lune ronde de juin a retrouvé sa place, au milieu du ciel étoilé, il y a déjà une bonne demi-heure que Mimi et Charles voguent sur les eaux du lac Saint-Ernest.

Aussi, les deux navigateurs conviennent de communiquer avec l'équipe descendue à terre.

Mimi allume donc sa lampe de poche et projette deux rayons brillants en direction de l'île aux Pics, annonçant, selon le code préalablement convenu, que tout va bien et que rien de spécial n'a été observé à bord de l'*Ernestine*.

Bientôt, s'échappant de la masse obscurcie de l'île, une première, puis une deuxième lueur blanche viennent répondre au signal de la jeune *crapoussine*.

— Ouais… Il semble que ce soit également le calme plat du côté d'Antoine et de Marc, constate Charles en s'adressant à sa compagne. J'espère au moins que nous ne sommes pas en train de perdre un temps qui autrement nous serait plus précieux. Je veux bien qu'il y ait une petite chance pour qu'une apparition du monstre nous mette sur la piste du docteur D., et de là, nous conduise jusqu'à Mme Gingras ; cependant, il ne faudrait pas oublier non plus que cette bête extraordinaire, qui n'est vraisemblablement apparue qu'une seule fois, n'a pas cru bon de se manifester en soirée, comme maintenant, mais bien aux premières lueurs du jour !

— Je ne suis pas tout à fait de cet avis, réplique Mimi. Souviens-toi, lors de ton naufrage, tu disais avoir été heurté par « un billot ou une espèce de souche à la dérive » ; eh bien, mon intuition me dit qu'il s'agissait du monstre !

Et, tandis que le jeune homme songe, en grimaçant, à l'idée qu'il aurait pu se trouver nez à nez avec une sorte d'animal préhistorique, une forme obscure semble tout à coup émerger au-dessus du roulement des vagues, à quelques mètres du flanc de l'embarcation.

— Là-bas ! Là-bas ! À droite ! Tu as vu surgir cette bosse hideuse ? s'écrie Mimi. C'est exactement le genre de chose que j'ai aperçue hier matin !

Charles s'appuie nerveusement au bastingage du petit bateau, puis scrute les eaux environnantes.

— Mais il n'y a rien... dit-il au bout d'un moment.

Et, c'était bien vrai ! Pas d'ombre ni de bosse dans les parages... Ou la vision de Mimi était due aux fantaisies d'un mirage, ou la masse ténébreuse, entrevue l'espace d'un instant, avait piqué sournoisement sous le ballottement des flots.

Cette fois, la jeune *crapoussine* décide d'en avoir le coeur net. Elle fait faire un brusque demi-tour à l'*Ernestine*, fonce en direction de l'endroit où elle vient d'apercevoir cette chose mystérieuse et balaie la surface noire du lac avec le projecteur de l'embarcation.

Maintenant, sous l'éclairage argenté du phare, plus de doute possible : une masse sombre chemine droit devant, à la crête des vagues !

Mimi réduit la vitesse du moteur, éteint le feu de son projecteur et décide d'observer à distance le curieux phénomène.

— C'est sûrement le monstre ! chuchote-t-elle à l'intention de son compagnon.

— On dirait qu'il se dirige vers l'île, murmure Charles.

— Vite ! alertons Antoine et Marc ! lance alors la jeune *crapoussine*.

Elle s'empare à nouveau de sa lampe de poche, dirige le rayon lumineux vers la rive obscure de l'île et trace trois cercles étincelants au-dessus du miroitement des eaux.

Deux jets brillants franchissent bientôt les broussailles de la berge et répondent à l'appel de Mimi. C'est dire que « tout va bien » du côté des deux garçons et qu'ils ont clairement reçu le message qui vient de leur être adressé.

Sur l'invitation de Mimi et de Charles, Antoine et Marc s'avancent en direction d'un quai avoisinant, d'où ils pourront mieux apercevoir le petit bateau de l'oncle Édouard.

Parvenus à l'extrémité de la vieille plate-forme de bois, ils distinguent avec beaucoup plus de netteté la silhouette des deux navigateurs voguant maintenant aux abords de l'île.

Accroupis derrière le bastingage du canot à moteur, Mimi et Charles suivent, avec une inquiétude grandissante, les mouvements de la bête mystérieuse.

— Elle vient de replonger sous les vagues, murmure anxieusement Charles.

— Tu veux dire qu'elle s'approche du quai, en face, réplique à voix basse Mimi.

— Non… non… ELLE S'EST RETOURNÉE VERS NOUS ! hurle finalement le jeune homme.

Dans un fracas épouvantable la bête dresse son long cou
hors des flots. Une tête énorme, surmontée de deux cor-

nes luisantes, s'arc-boute maintenant au-dessus du frêle esquif qu'est devenue l'*Ernestine*. Les deux navigateurs sont glacés d'épouvante !

« Du calme… du calme… » tente de se dire intérieurement Mimi.

Les battements de son coeur martèlent les secondes sur ses tempes. Des pensées défilent et se bousculent dans sa tête.

« Pas question de foncer avec le bateau, cette bête immense nous ferait chavirer… Si je pouvais m'emparer de l'appareil photo… Ce monstre, habitué à l'obscurité des profondeurs, serait peut-être effrayé à la vue d'une lumière vive… Il faut y aller ! »

La jeune *crapoussine* se précipite vers le compartiment du tableau de bord, saisit d'un geste la caméra qui y était rangée et bombarde l'horrible dragon d'une série d'éclairs percutants.

L'animal, étourdi puis furieux, pousse un rugissement terrible. Il agite la tête, dilate ses naseaux, ouvre sa large gueule et crache une épaisse flamme rouge sur les occupants de la modeste embarcation.

De leur avant-poste, Antoine et Marc assistent, impuissants, au terrifiant spectacle.

— AU SECOURS ! AU SECOURS ! MAIS C'EST ÉPOUVANTABLE ! s'écrient-ils en gesticulant.

Mimi et Charles ont juste eu le temps de se jeter au fond du canot à moteur. Après avoir projeté son nuage de feu, l'étrange bête replonge subitement sous l'eau.

Bizarrement, la flamme rouge qu'elle a répandue sur le bateau n'a rien brûlé à son contact. On aurait dit que le feu vomi par l'animal s'était aussitôt transformé en une sorte de fumée ou de poudre lumineuse ; en tout cas, rien de dangereux ou de franchement incommodant.

Et, tandis qu'elle revient peu à peu de ses émotions, la jeune *crapoussine* se rappelle soudain un autre détail insolite.

Dans un geste désespéré, alors qu'elle allait se précipiter sous le cockpit de l'*Ernestine*, elle avait eu le réflexe de lancer sa caméra à la tête de l'effrayante créature. Et, en touchant le corps de la bête, l'appareil avait rendu un son creux.

— Tu as entendu ? Tu as vu ? s'écrie-t-elle en bousculant son compagnon. Ce monstre n'est pas un animal ! C'est tout simplement un robot, une machine, un genre d'engin téléguidé !

— Je veux bien…je veux bien… marmonne nerveusement charles. Mais aide-moi vite à retrouver mes verres de contact qui sont tombés au fond du bateau… JE NE VOIS ABSOLUMENT PLUS RIEN !

Pendant que les deux navigateurs fouillent à quatre pattes les recoins de l'*Ernestine*, Antoine et Marc, eux, bondissent de joie et de soulagement.

— YOUPI ! LE DRAGON N'A PAS RÉUSSI À BRÛLER LE BATEAU ! YOUPI ! MIMI ET CHARLES SONT SAINS ET SAUFS !

Mais, au moment où les deux garçons s'apprêtent à signaler leur présence aux amis de l'*Ernestine*,la vibration d'un pas, résonnant à l'autre extrémité de la passerelle, attire brusquement leur attention.

Marco se retourne le premier.

Un nez crochu puis une chevelure hirsute sortent lentement de l'ombre ; deux yeux noirs et brillants se posent avec insistance sur le plus jeune des deux cousins.

— UN... UN VAMPIRE ! balbutie Marco, avec une curieuse impression de « déjà vu ».

— Non, pas un vampire... lui glisse à l'oreille Antoine, mais Oeil-de-lynx Pinsonneault, le fameux coureur des bois !

— QUE PEUVENT BIEN FABRIQUER, ICI, DEUX GARNEMENTS DE VOTRE ESPÈCE ? questionne aussitôt l'homme à la mine rébarbative. VOUS NE SAVEZ DONC PAS QUE VOUS ÊTES SUR UNE PROPRIÉTÉ PRIVÉE ?

— Nous … nous étions en train de… de… pêcher à la ligne morte, bredouille Antoine.

Les mains dissimulées derrière son dos, le jeune fouineur tente péniblement de glisser sa lampe de poche sous son chandail et de la coincer dans la ceinture de son pantalon.

— Ouais… Si vous étiez en train de pêcher, moi j'étais en train de chasser ! repartit l'homme de sa grosse voix. Et il faut croire que j'ai été plus chanceux que vous, car apparemment vous n'avez rien pris, tandis que moi, j'ai réussi à capturer une belle paire de menteurs en culottes courtes ! VOUS ALLEZ VOIR, MES DEUX BONSHOMMES, QUE PAR ICI, NOUS N'AIMONS PAS BEAUCOUP LES PETITS CURIEUX !

Sur ce, le trappeur entrouvre sa puissante mâchoire, enfonce deux doigts dans sa bouche édentée et siffle une longue note aiguë.

Un gros chien bouledogue sort alors tranquillement d'un massif de broussailles et s'approche en grognant.

— TU MONTRES LE CHEMIN, BRUTUS ! commande l'homme à la bête.

Puis s'adressant aux deux garçons :

— Vous autres, vous allez suivre ce chien pendant que je vous surveillerai derrière. Et pas d'histoires, compris ? Sinon, j'ordonne à ce molosse de vous grignoter les mollets !

Antoine et Marco sont aussitôt conduits dans un sentier obscur dont le tracé sinueux parcourt le sous-bois environnant. Ils vont lentement derrière la bête, tandis que le trappeur s'attarde à la queue de la petite file pour s'allumer une pipe. Au moment où ils traversent une étroite clairière surplombant la rive, Antoine tire sa lampe de la ceinture de son pantalon et mitraille une série de jets lumineux du côté du lac.

Alerté par les jappements du chien, Oeil-de-lynx Pinsonneault accourt immédiatement sur les lieux.

— PETITE VERMINE ! s'écrie-t-il en arrachant l'objet des mains du garçon.

Mais le signal a eu le temps d'être perçu.

Et les deux navigateurs de l'*Ernestine* discutent déjà de la prochaine manoeuvre :

— Qu'il y ait oui ou non du docteur D. là-dessous, achève de dire Mimi, je recommande que nous agissions avec la plus grande prudence. Aussi, faisons mine de nous éloigner d'abord en direction du large, puis nous reviendrons accoster discrètement le long du quai aperçu tout à l'heure.

L'île aux Pics

Après avoir gagné le rivage de l'île, Mimi et Charles grimpent, avec précaution, une petite butte rocailleuse qui domine le sous-bois avoisinant. Au bout de quelques minutes d'observation minutieuse, les deux jeunes gens découvrent, enfin, ce qui pourrait être le premier indice menant jusqu'au repaire du docteur D.

C'est un mince filet de lumière aperçu au bas d'un sentier conduisant au lac.

— Tu as vu cette lueur ? chuchote Mimi. Elle doit probablement venir d'un hangar à bateaux dissimulé sous les feuillages de la rive.

Charles fait un mouvement pour avancer, mais sa blonde camarade l'agrippe par un poignet et le retient solidement.

— Pas si vite... lui commande-t-elle. Souviens-toi des jappements. Le chien que nous avons entendu tout à l'heure doit encore traîner dans les parages... C'est même une chance qu'il n'ait pas déjà repéré notre présence.

La jeune *crapoussine* sort de ses poches trois sachets de coton fermés par des rubans et en remet un à son compagnon.

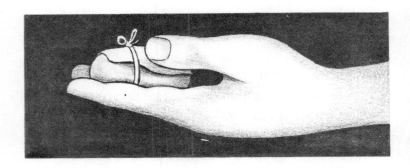

— Ceci est de la *Poudre somnocanifère brune*, murmure-t-elle. C'est un mélange d'herbes pulvérisées, une des meilleures recettes de ma grand-mère ! Si tu ouvres cette pochette de linge et en répand le contenu sur toi, l'animal ne sentira pas ton odeur. Si tu réussis à faire avaler au chien la valeur d'une cuillère à thé du mélange, il s'endort d'un sommeil profond.

— Mais si cette préparation d'herbes a de telles propriétés, rétorque Charles, je me demande pourquoi tu n'as pas essayé de l'utiliser tantôt, contre le monstre du lac ?

— Voyons ! le mélange n'aurait eu aucun effet, puisque la bête du lac n'est pas une bête ! répond malicieusement Mimi. Et puis, la *Poudre somnocanifère brune* n'agit positivement que sur les chiens, les renards et les loups... Employée contre d'autres animaux, elle peut même, au contraire, provoquer des explosions de fureur.

— Mais...

— Allez, vite, pas de discussion et fais comme moi ! ordonne la jeune *crapoussine*. Antoine et Marco sont peut-être en danger à l'heure qu'il est.

Le jeune homme répand le contenu du sachet sur ses vêtements et rejoint rapidement sa compagne qui s'est déjà aventurée dans le petit sentier conduisant au lac.

Lorsque les deux amis atteignent les abords de la rive, le bruit d'une branche cassée alerte le gros chien Brutus, couché devant l'entrée d'une haute et sombre bâtisse. La bête se dresse sur ses pattes et grogne furieusement.

Mimi se glisse à travers le massif d'arbustes longeant le sentier et lance son troisième sachet à proximité du bouledogue. L'animal, intrigué, avance le museau et renifle l'odeur pénétrante de la poudre… D'un rapide coup de langue, il enfourne la pochette dans sa gueule puis s'endort brusquement.

— Il faudra néanmoins faire attention au bruit, prévient à voix basse Mimi.

Les deux rôdeurs s'approchent avec circonspection de l'étrange bâtiment qui se révèle être effectivement un hangar à bateaux. L'ancienne construction de bois, érigée sur d'énormes pilotis, avance pour une bonne moitié de sa longueur dans les eaux noires du lac.

C'est sur le flanc droit du vieil abri rapiécé de tôles que Mimi et Charles finissent par repérer la mystérieuse ouverture par laquelle s'échappait le rayon de lumière observé depuis les hauteurs du sentier. Il s'agit d'une étroite fenêtre à panneaux, à demi cachée sous les feuillages et percée dans la toiture du garage. Heureusement pour les deux jeunes gens, l'inclinaison du toit n'est pas trop abrupte et une échelle est posée à plat non loin de la petite lucarne illuminée.

Avec l'aide de Charles, Mimi réussit à grimper à l'un des gros érables argentés qui jettent leurs branches au-dessus du hangar. De là, elle se transporte sur la toiture, gravit quelques barreaux de l'échelle et s'embusque à la hauteur de la fenêtre.

Son compagnon se hisse promptement derrière elle et s'accroupit sur une des grosses branches surplombant la corniche du toit.

Quand Mimi pose enfin son regard à travers un des panneaux vitrés… SURPRISE ! Elle se mire, à nouveau, dans la masse glauque et visqueuse du monstre, ou plutôt de cet énorme robot dont la tête massive touche presque le pignon du hangar !

La jeune *crapoussine* ne peut s'empêcher alors de pousser un petit cri rauque.

— Mais bon sang, qu'est-ce qu'il y a là-dedans ? questionne aussitôt Charles.

— C'est la bête mystérieuse... Je veux dire le robot en forme de dragon qui est immergé au centre du hangar, explique Mimi... Il fait face à la grande porte à deux battants qui donne sur le lac, comme s'il allait bientôt s'élancer sur les flots... Autour de lui, sur une plate-forme intérieure, occupant l'arrière et les côtés du hangar, je vois plein de choses bizarres : de grandes boîtes métalliques, des tableaux à cadrans, des écrans lumineux... et plus près de moi, sous la lucarne, une sorte de pupitre de commande...

La jeune espionne grimpe un autre barreau de l'échelle pour mieux distinguer à l'intérieur du bâtiment.

— Oh ! j'aperçois maintenant Antoine et Marco... Ils sont assis sur un petit banc de bois posé non loin de la porte arrière du hangar... Ils ont sûrement été faits prisonniers, car un individu à la mine suspecte se tient derrière eux et semble les surveiller de près... Ah mais ! on dirait que j'ai déjà vu cette tête quelque part... Mais oui, mais oui ! L'homme qui guette nos deux amis est le trappeur Oeil-de-lynx Pinsonneault !

— Le trappeur... Pinsonneault ? répète Charles, intrigué.

— Oui... Je t'expliquerai ça un peu plus tard, reprend la blondinette juchée sur son perchoir. Pour l'instant, un quatrième personnage vient de sortir de l'ombre !... C'est un grand monsieur à veste blanche qui marche cérémonieusement... Il s'agit probablement du docteur D.

— Et tu n'as toujours pas aperçu la professeure Gingras ? demande avec insistance le jeune homme.

— La professeure Gingras... Non... Attends !... Je crois que je viens de l'entrevoir... C'est une petite dame un peu boulotte avec des cheveux roux ? questionne Mimi.

— Exactement ça ! confirme Charles.

— Eh bien, elle s'affaire actuellement près d'un tableau à cadrans... Celui que je crois être le docteur D. s'approche d'elle, puis se dirige vers Antoine et Marc... Une conversation a même l'air de s'amorcer entre l'homme et nos deux amis... Mais on dirait que le docteur D. est fâché. Il fait de grands gestes brusques en parlant... Ah ! si je pouvais au moins entendre ses paroles !

— La lucarne n'est peut-être pas verrouillée de l'intérieur, fait observer Charles. Vois si tu ne peux pas l'entrebâiller.

Mimi tente en vain d'agripper le bord de la fenêtre avec ses ongles.

— Pas moyen... Elle est trop coincée.

— Essaie encore avec ce canif ! propose le jeune homme en lui lançant son couteau de poche.

La courageuse gamine passe la lame dans l'interstice du chambranle et tente de tirer la lucarne vers elle.

— Ouf ! c'est difficile... mais je sens que ça bouge... Attention ! Silence ! La fenêtre va bientôt s'ouvrir !

D comme
dans danger

En s'entrebâillant, la lucarne du vieux hangar laisse échapper le son d'une voix sèche et autoritaire.

— Silence, petits garnements !... Je vous ai déjà avertis que c'était moi, Didier Donatien Dandurand, dit le docteur D., qui parle ici ! Vous niez avoir été envoyés sur cette île pour espionner mon invention ; eh bien, je ne vous crois pas ! De toute façon, que vous disiez ou non la vérité n'a présentement plus aucune importance, car l'équipe que je dirige a achevé son travail et nous allons pouvoir procéder immédiatement au déclenchement de l'étape finale de l'*Opération GME* ! Ha, ha, ha !

Tapis dans l'ombre des feuillages couvrant le toit, Mimi et Charles échangent des regards inquiets.

— Nous avons eu récemment de légères difficultés…
poursuit la voix cassante du cérémonieux docteur. Des réa-
justements, que nous avons dû effectuer dans la program-
mation de notre invention, nous ont forcés à prendre des
risques et à sortir notre « petite bête » de son repaire avant
l'heure prévue. Bien que ces manoeuvres aient été accom-
plies à la faveur de l'obscurité, il se peut qu'elles aient fini
par attirer l'attention de petits curieux dans votre genre ou
celui des deux navigateurs, croisés il y a un moment par
notre robot, aux abords de l'île. Mais qu'importe, puisque nous avons présentement réglé tous nos problèmes et
que nous pouvons, sans plus tarder, vous faire apprécier

les formidables prouesses de notre cher monstre ! Le déclenchement de la phase ultime de notre opération était prévu pour demain à vingt-deux heures, mais vous comprendrez certainement que votre arrivée importune, et la fâcheuse rencontre de vos deux amis navigateurs, nous obligent maintenant à devancer quelque peu cet horaire officiel ! Ha, ha, ha !

Le docteur s'éloigne d'Antoine et de Marc et s'approche lentement du pupitre de commande.

— Cet homme a sûrement perdu la raison... chuchote Mimi. Il faut absolument faire quelque chose !

La voix impérieuse de l'inventeur retentit à nouveau :

— Jusqu'ici, vous n'avez vu que des lumières et de la fumée de théâtre, mais dans quelques instants vous allez pouvoir assister à un véritable bombardement ! Ha, ha, ha !... Autrefois, jeune chercheur inconnu et inexpérimenté, je me suis fait ravir l'idée d'un projet remarquable que d'autres ont perfectionné et exploité à mes dépens ; aujourd'hui, cependant, une telle éventualité ne risque pas de se reproduire, car j'ai décidé que l'achèvement de mon invention se ferait dans un tintamarre prodigieux ! Ha, ha, ha !

Le docteur fait un petit signe de la main. La professeure Gingras acquiesce d'un hochement de tête et pousse un levier fixé au mur.

Les deux grandes portes du garage s'ébranlent alors en grinçant, puis s'ouvrent doucement sur les flots argentés.

Du haut de son perchoir, Mimi alerte son compagnon.

— Je crois que j'ai une idée... murmure-t-elle. Il faudrait que tu ailles me chercher la plus grosse roche que tu puisses trouver et apporter jusqu'ici. Vite ! Il n'y a plus une seconde à perdre.

Tandis que Charles descend prudemment de son arbre, le rire obsédant du docteur D. se répercute une cinquième fois sous le faîte du vieux hangar.

— Ce tableau de contrôle que vous apercevez devant moi, reprend l'orgueilleux savant, est directement relié à l'ordinateur installé dans le corps de notre robot et chargé de diriger tous les mouvements de *GME*. Une fois cette manette rouge actionnée, notre bête fantastique pourra enfin réaliser son programme de lancement, qui, croyez-moi, sera une inoubliable apothéose ! En l'espace de quelques minutes seulement, je réunirai plus d'un millier de témoins alertés, éblouis et effrayés, qui croiront peut-être la fin du monde arrivée, mais ne pourront s'empêcher de saluer l'irréfutable évidence de mon génie ! Ha, ha, ha !... Maintenant, chère madame Gingras, c'est à vous que revient l'honneur d'effectuer le dénombrement des 30 secondes devant amorcer l'avènement capital de *GME* !

La professeure allume un cadran jaune, puis entame d'une voix aiguë et monocorde le compte à rebours :

« Pourvu que Charles arrive à temps ! »... se répète nerveusement Mimi.

La jeune *crapoussine* aperçoit enfin son chevalier servant agrippé au tronc de l'arbre voisin. Il transporte une longue pierre plate qu'il a enroulée dans son chandail et attachée à ses hanches.

— Vite, chuchote Mimi, vite !

Le jeune homme parvient à se hisser sur la grosse branche qui surplombe le toit. Il détache son fardeau et le transmet à sa compagne.

Mimi saisit le lourd galet...

...et le lance par l'ouverture de la lucarne.

Un beau sabotage

La longue pierre en tombant a fracassé le tableau de contrôle du docteur D.

Des éclairs aveuglants envahissent l'intérieur du hangar. Des bruits stridents résonnent de tous les côtés et font bientôt vibrer jusqu'au toit du bâtiment. Tous les occupants filent au dehors en se bouchant les oreilles !

Le chien Brutus se réveille en sursaut, lance deux aboiements furieux, s'engouffre dans un massif du sous-bois et se rendort de plus belle !

L'énorme dragon s'est affaissé à quelques mètres au-delà des portes du vieux garage. Sa gueule béante reste ouverte aux mouvements des flots.

Les trois instigateurs de l'*Opération GME* se sont précipités vers la rive du lac pour constater les dégâts survenus à leur invention.

— Je n'ose même plus retourner à l'intérieur du laboratoire... murmure douloureusement le docteur D. Le centre de contrôle a sauté juste au moment où nous opérions la mise en marche de *GME*. L'ordinateur du robot s'est entièrement déprogrammé. L'engin n'est même plus en mesure d'assurer sa propre flottabilité. Dans quelques minutes, notre prototype aura coulé au fond du lac... Pour du sabotage, c'est du beau sabotage ! Tout notre travail est irrémédiablement gâché !

Dans le hangar laboratoire, le silence est revenu peu à peu. Quelques lueurs argentées s'agitent encore faiblement au-dessus du pupitre de commande, mais elles ne tarderont pas à disparaître.

Profitant de la confusion semée dans le clan des inventeurs, les quatre jeunes aventuriers se retrouvent près de la porte arrière du bâtiment.

— Mais pourquoi avoir lancé cette roche ? s'enquiert aussitôt Marco en apercevant Mimi et Charles. Vous avez complètement détruit l'invention du docteur D... C'est horrible !

— Comment horrible ! s'étonne la blonde *crapoussine*. Tu aurais préféré que ce savant détraqué fasse sauter tout le voisinage !

— Mais non, il s'agit d'une effroyable méprise, raconte Antoine. Nous nous sommes totalement trompés au sujet du docteur D.

— Voyons, ça n'a pas de sens... Je rêve... Expliquez-moi ! implore Mimi.

Antoine s'empresse de continuer :

— Eh bien, en dehors du fait qu'il est un peu bizarre par moments, qu'il n'a voulu entendre aucune de nos explications et qu'il était persuadé que nous étions venus lui voler les plans de son invention, ce docteur D. est un monsieur tout ce qu'il y a de plus correct !

— S'il nous a imposé le silence, ajoute le petit Marc, lui, en revanche, ne s'est pas privé de parler et nous avons pu en apprendre davantage sur son étrange invention... Le sigle *GME* est formé de la première lettre de trois mots qui sont *Grande mascotte électronique* !

En entendant les révélations faites par le plus jeune des deux cousins, Charles s'est faufilé rapidement à l'intérieur du laboratoire.

— En fait, poursuit de son côté Antoine, le monstre que nous avons découvert est le prototype d'un robot sous-marin conçu et programmé pour animer les bassins d'eau ornant habituellement les parcs d'amusements. Pour mener à bien la fabrication de sa *Grande mascotte électronique*, le docteur D. a décidé d'associer à son propre savoir technologique la très grande expérience pratique du trappeur Pinsonneault et les connaissances scientifiques de la professeure Gingras. Le but de l'*Opération GME* était la fabrication d'un robot dont la forme extérieure s'inspirerait des monstres aquatiques légendaires, comme le célèbre *Serpent des mers*, et aussi de certaines bêtes mystérieuses observées en Amérique du Nord. Comme tous ses ancêtres fabuleux, le dragon du docteur D. est censé produire d'effroyables explosions de flammes et de rugissements, mais qui demeureront cependant d'inoffensifs feux d'artifice. D'autres activités sont également à l'étude pour *GME* : un spectacle de son, lumière et jets d'eau, et peut-être même des présentations de ballet aquatique... Seulement, j'ai bien l'impression qu'avec ce qui vient d'arriver, ces nouveaux développements vont être quelque peu retardés.

— L'invention du docteur D. était donc sans danger, c'est terrible... réalise Mimi.

— Oui, et le plus terrible de l'affaire, annonce Charles en sortant du laboratoire, c'est que le prototype du robot aura bientôt coulé et que tous les efforts des chercheurs seront anéantis. J'ai essayé en vain d'actionner une manette verte devant mettre en branle un système de sécurité assurant la rentrée du robot, et même cette commande spéciale ne répond plus.

— Dire que c'est moi qui ai lancé cette foutue roche, soupire Mimi, je ne me le pardonnerai jamais !

— Mais non, tout cela est de ma faute, conclut tristement Charles. C'est moi qui ai cru à un malheur et qui vous ai entraînés dans cette histoire. Je vais aller tout raconter à la professeure Gingras et à ses amis... J'espère au moins qu'ils comprendront que mes intentions étaient bonnes.

L'incantation
de Mme Blanche

Pendant que Charles a rejoint l'équipe du docteur D., s'affairant vainement à renflouer la gigantesque épave du robot, Antoine et Marc se sont approchés de leur amie.

— Allons, ne fais pas cette tête, Mimi, dit Marco. Peut-être qu'en cherchant très fort, il y aurait un petit truc de *crapoussine* capable d'empêcher ou de retarder le naufrage de *GME*.

— Tu penses bien que c'est la première chose à laquelle j'ai pensé, réplique la jeune blondinette, mais je ne connais aucune formule magique s'appliquant au domaine de la marine ou de l'électronique... En fait de réparation de machine, le seul tour que je connaisse est une sorte d'incantation colérique qu'une amie de ma grand-mère, appelée Mme Blanche, profère à tue-tête lorsque sa vieille laveuse à vaisselle lui donne des misères.

— Le docteur D. n'aimerait certes pas que l'on compare son robot à un lave-vaisselle, reconnaît Antoine, mais au point où nous en sommes, il n'y aurait sûrement pas de mal à essayer ce tour.

— Ne dis pas ça, rétorque Mimi. Le toit du hangar pourrait encore nous tomber sur la tête !

— Peut-être, admet Marco, mais au moins nous aurions la satisfaction d'avoir fait tout ce qui était en notre pouvoir.

— Bon, vous avez gagné... acquiesce Mimi. Je vais essayer d'utiliser cette incantation, mais ce sera vraiment pour dire que l'impossible aura été tenté.

Les trois fouineurs entrent dans le laboratoire faiblement éclairé. La jeune *crapoussine* s'installe devant le pupitre du docteur D. et commence à réciter la formule qui suit :

Par trente mille fois tout ce qui bouge
Sans avoir l'ombre d'une patte,
Et avant que je ne devienne aussi rouge
Qu'une douzaine de tomates,
Vas-tu te décider à marcher,
Espèce de vieille patate !

La fin du curieux poème est suivie d'un petit pet de fumée bleue. Puis, plus rien...

— Je savais que ça ne marcherait pas, dit Mimi. Ce sera pour une autre fois.

— Tu devrais essayer de nouveau, suggère Antoine. Es-tu bien certaine d'avoir prononcé toutes les paroles de la formule ? À un moment donné, on aurait dit que les lumières du tableau de contrôle étaient sur le point de s'allumer.

— Oui... tu as raison ! se rappelle subitement Mimi. J'ai peut-être oublié quelque chose.

La blonde magicienne recommence immédiatement son étonnante déclamation ; mais dès l'instant où elle en a prononcé les derniers mots, elle se met à donner des coups de pied tout le tour du pupitre de commande.

— Allez ! Faites comme moi ! ordonne-t-elle aux deux cousins. À la fin de son incantation, l'amie de ma grand-mère a toujours la fâcheuse manie de s'enrager, et elle donne alors des coups de pied à sa machine.

Antoine et Marc s'exécutent. Au bout d'un moment, une série de points lumineux défilent en clignotant sur l'écran du tableau de contrôle.

— Charles a parlé tout à l'heure d'une manette verte, s'écrie Mimi. Actionnons donc cette commande spéciale !

Un prodigieux grincement suit l'embrayage du dispositif de secours, puis… l'énorme robot se redresse lentement au-dessus des vagues.

On entend bientôt les cris de joie de l'équipe du docteur D.

Et, par-dessus le vacarme enthousiaste des applaudissements, on peut reconnaître la voix perçante de la professeure Gingras :

— Cela tient du miracle, du miracle, Charles ! N'empêche que la manette que tu as désespérément actionnée tout à l'heure a sans doute réussi à rétablir suffisamment de contact pour déclencher le mécanisme d'urgence assurant le sauvetage du robot.

Mais, tandis que le grand dragon vert rentre docilement dans son abri, Mimi, appuyée contre le pupitre du docteur, demeure songeuse.

— Qu'est-ce qu'il y a ? lui demande Marco. Quelque chose te tracasse ? Tu sembles préoccupée.

— Non, non... tout va bien ! s'empresse de répondre la jeune *crapoussine*. Je réfléchissais au truc que nous venons de réaliser et je me demandais si finalement les coups de pied, sans la magie, n'auraient pas été tout aussi efficaces. En tout cas, j'ai bien hâte de voir la tête de Mme Blanche lorsque je lui annoncerai que ses démonstrations de colère ont également la propriété de réactiver les monstres-robots !

Dernières surprises

Les nombreuses réparations qui doivent être faites au laboratoire du docteur D. nécessitent quelques jours de travail. Aussi, par l'entremise de Charles et de la professeure Gingras, l'oncle Édouard arrive finalement à convaincre le pointilleux savant d'effectuer le lancement de *GME* lors de la soirée d'inauguration du *Festival de Sainte-Estelle* : une suite de réjouissances annuelles qui ont ordinairement lieu la quatrième semaine de juin.

Tous les résidants du lac ont été avertis d'une surprise, mais personne à part le petit groupe impliqué dans l'aventure de *GME* n'a été mis au courant de la nature de « l'événement mystère ».

* * *

Le soir de l'inauguration du festival, les trois fouineurs sont au rendez-vous. Un peu avant l'ouverture de la soirée, un cri perçant retentit du côté de l'estrade d'honneur installée en face du lac.

— Ce doit sûrement être une dame à qui on vient de présenter le trappeur Pinsonneault ! lance en blague Marco.

— Ou quelqu'un de distrait qui vient de marcher sur une des pattes du chien Brutus, plaisante à son tour Mimi.

Mais les premiers cris sont bientôt suivis de grands éclats de voix, et on entend distinctement :

— GIGI, MA GIGI !

— GONZAGUE, MON CHER GONZAGUE !

Antoine, intrigué, se précipite sur les lieux du drame et revient en hâte vers ses deux amis.

— C'est Mme Gingras et notre nouveau voisin, M. Durocher, qui viennent de se reconnaître, annonce-t-il. Imaginez-vous donc que M. Durocher est l'ancien partenaire de danse sur patins à roulettes de la professeure ! Ça fait au moins vingt ans qu'ils ne s'étaient pas revus !

Soudain, l'écho bruyant d'une fanfare interrompt les bavardages de la foule et annonce le commencement de la soirée. Après les discours de présentation, vient, avec la noirceur, le moment tant attendu.

Le dragon phosphorescent émerge lentement des profondeurs du lac. Le majestueux animal décoche d'abord deux longues flammèches symboliques puis s'élance dans une prodigieuse pétarade qui illumine la nuit de mille gerbes multicolores.

Jamais, au dire de toute l'assistance, on avait vu un pareil feu d'artifice. L'oncle Édouard pouvait être fier de son « attraction spéciale ».

Durant la soirée champêtre qui suivit, on demanda évidemment au fameux duo *Gigi et Gonzague* de bien vouloir faire une courte démonstration de leur ancien numéro de danse sur patins à roulettes.

Raconter en quelques mots les péripéties de cette exhibition surprenante tiendrait du prodige. Disons seulement que ce spectacle improvisé fut à lui seul un véritable épisode de roman d'aventures. Un épisode qui, par l'ampleur de ses chutes et de ses rebondissements, était digne de figurer dans la désormais célèbre histoire du *Monstre du lac Saint-Ernest* !

Carte des lieux de l'aventure

LE CHALET DE L'ONCLE ÉDOUARD

LA MAISON JAUNE DE M. DUROCHER

L'AUBERGE DE LA POINTE AUX ALOUETTES

L'ÎLE AUX PICS

LA POINTE AUX ALOUETTES

LA MARINA DE L'ÎLE

LAC ST-ERNEST

LE QUAI DE PLANCHES GRISES

LE MAGASIN DE VARIÉTÉS DE L'ONCLE ÉDOUARD

VILLAGE DE STE-ESTELLE

Table des matières

Cher lecteur
ou chère lectrice,

Nous espérons que ce livre t'a plu
et nous aimerions bien connaître tes
impressions suite à la lecture de
cette histoire de Mimi Finfouin.

Peut-être aurais-tu certaines sugges-
tions à nous communiquer concernant
les prochaines aventures de cette
jeune héroïne.

Si tu veux nous écrire, tu dois faire
parvenir ton courrier à l'adresse qui
suit. À moins d'empêchement majeur de
notre part, une réponse est assurée.

Claude Poirier et Serge Wilson
a/s LES ÉDITIONS HÉRITAGE INC.
300, rue Arran
Saint-Lambert, Qué.
J4R 1K5

En attendant d'avoir le plaisir de
te lire, nous te félicitons d'avoir
si judicieusement opté pour Le monstre
du lac Saint-Ernest.

Claude Poirier
illustrateur

Serge Wilson
auteur